그림자가 하는 말

현담 시집

기적의 마을책방

장엄정토를 희망하며

무서운 세상이다.

바야흐로 전쟁의 시대가 도래했다. 2차대전 이후로 조금 평화를 유지하던 세계가 다시금 격랑 속으로 빠져들고 있다.

인간에게는 선한 본성보다 악한 욕망 욕구가 더 강한 것같다. 그동안 잘 지내던 세계가 순식간에 아수라장이 되어가고 있다.

이런 시대에 부처의 가르침이 참으로 절실하다. 중중무진세계는 큰 거미줄처럼 씨줄 날줄 수없이 촘촘하게 연결되어 있다. 본바탕은 공성이지만 현상은 그렇게 극미진수로 연결되고 얽혀 있다. 도대체 나와 남이랄 것이 없는 것이다.

오직 공성이고 허망한 생명들은 부지런히 육바라밀 수행을 멈춰서는 안된다. 지금의 분쟁과 광기들은 수행을 방기한 탓이다. 다른 별들의 세계는 차치하고 그동안 가장 열심히 수행하고 정토를 지향하던 인간들이 오늘에 이르러 지구상에서 가장 저열하고 오염된 오물덩어리가 되었다.

지금이라도 제정신으로 돌아가자. 쉽게 빠져든 오욕락을 버리고 선업을 다시 찾자. 심청정 국토청정 아름다운 자성을 다시 찾고 망가뜨린 국토를 장엄하자. 저 하늘에서 저 중중무진 우주세계에서 가장 아름다운 국토로 장엄하는 합창의 시간이 되자. 모두를 경배하고 감사하는 노래를 불러보자.

2025년 6월 초하에
청련암에서 현담

차례

둘째마당

인도에서 노래하다

셋째마당

물고기 편지

오래 걸어 보면

어떤 봉송

그 흔한 눈물 한 방울 없다

기러기 한 줄로 서서

통곡은 일찍이 마친 그림이다

장송곡조차

다 떨어져 가는

노을 몇 조각이다

강을 많이 건너왔나

언덕을 너무 많이 넘어왔나

사람들 몇 마디 주문처럼

작은 연기 피어오르며

떨어지는 노을 부스러기

벌써 다 사라졌다

그림자가 하는 말

산을 너무 열심히 올랐더니
문득 천야만야 절벽 앞이었다

아련히 계곡 물소리 들리고
반짝반짝 하늘에 별이 빛난다

외로운 숲속
집의 주인은 집
자신이다
울고불고 까치가 물고 가버린 그
이빨들의 주인도 이빨 자신이다

너무 열심히 따라와 이슬에 다 젖은 긴 그림자

혼자 돌아다니는 귀뚜라미는 나도 모른다

말 따라 가지마라

글 따라 가지마라

그림자

그가 너의 주인이다

청련암 별 이야기 1

낮에 뽑은 잡초들이

저 하늘에서

반짝이고 있다

청련암 별 이야기 2

이제 나는 아무 데도
가지 못한다
하늘의 저 별들 내가
지켜야 한다

청련암 별 이야기 3

먼 나라
히말라야 구개왕국에서
손님이 오셨네
골짜기에 별들
다 나와 있네

청련암 별 이야기 4

바람 없는 텅 빈 마당 가득
반달 하나가 주인이다

청련암 별 이야기 5

하늘에

천 글자 만 글자

꼭꼭 새긴 말씀

팔만대장경

청련암 별 이야기 6

오늘 밤은 그냥

달 하나가 하늘인가

청련암 별 이야기 7

소탐대실
더 이상 떠나가는 별
헤지 않겠다

청련암 별 이야기 8

비오는 밤이다

하늘이 참 많다

청련암 별 이야기 9

피어나라 노오란 당나리

비 그치면

숨겨놓은 하늘

다 나와

활짝 피어나라 노오란 당나리

청련암 별 이야기 10

미워하지 마라

미워하지 마라

산천에 만개한 하얀 치자꽃

6월의 마지막 밤이다

식당

아무도 없는 식당에 소 한 마리가 들어왔다

잠자던 식당은 그날 밤 소의 집

그러니까 외양간이 되었다

세상의 온갖 음식 다 차려진

그런 식당 어디 없나

그런 아낙 하나 어디 없나

나도 들어가 깊은 잠 한 번 잘 수 없나

신발

밑창이 두꺼운 미제 신발을 권하는 친구가 있었다 처음에 힘들었다 내 두 다리가 허약한가 세상이 이렇게 무거운가 내가 신발을 신는 건가 신발이 나를 신은 건가 길들은 또 왜 그렇게 멀고도 어두운지 도대체 무겁고 짜증났다 어찌어찌 이 골목 저 거리를 거닐다 보니 신발도 맞고 나도 세상들과 적당히 타협하고 있었다 실은 아직 나는 그 신발을 신고 조금 험한 길도 잘 다니고 있다 이제 와서 어쩔 것이여 다닌 길 되물릴 수도 없고 길은 아마 그럴 것이다

거리에는 얼마나 많은 모난 돌들이 많았었냐고 그저 피해 가는 것이 상책이라고 세상의 파도타기는 신발이 문제가 아니지 않았냐고 그런다 처음에는 발이 맞지 않더라도 참아가면서 한세상 적당히 타협하면서 그렇게 신발 맞추듯 그냥 떠돌아 볼까

신발은 이제 나의 어엿한 동업자다 아직 다녀 보지 못한 길 너무 많은데 저 먼 탕헤르 그곳에는 가죽을 잘 다루는 장인들이 많다는데 그곳에 가서 세상의 길 자

세히 물어보면 어떨까 아니면 기왕의 세상 여기까지
왔는데 맨발이면 또 어떨까 저 먼 사막으로 그렇게 끝
없이 걸어가는 한 마리 낙타처럼 아주 홀가분한 맨발
에 짚신 한 켤레면 또 어떨까―신발이 내 사정 알아
줄까

나무들 무릎 꿇고

지금 누군가 무릎을 꿇어야 하는 시간인가 보다

한 사나이를 대못 박아놓고

하늘 아래 가장 작은 나무들

허공을 맴도는 새 떼들보다

더 크고 높은 집 지어놓고

더 크고 넓은 집 지어놓고

그 누가 시킨 바 없어도

낮고 착한 사람이 되어

무릎을 꿇어야 하는가 보다

아직 대지는 식지 않았고

일용할 빵은 도착하지 않았나이다

땅은 오래전에 하늘의 편이었나이다

이 세상은 나의 나라가 아니라고

아무리 외쳐도 저 큰 못 박혀

꼼짝달싹 못하는 남자

언덕 아래 낮고 착한 사람들

손에 든 꽃 한 송이 촛대와 물병들

하늘 아래 가장 작은 나무들

무릎 꿇고 오늘밤 누가

저 사나이 대못을 뽑아주나

어머니 아버지

아직 조금씩 베어나오는 하얀 피

종루에서 울리는

저 큰 종소리는 누가 울리나

소

멀리서 기차는 지나가고

바나나는 주렁주렁

죽이 끓거나 밥이 끓거나

세상을 옮기듯 한 발짝 한 발짝

맨발로 걸어가는 시간이여 구루여

119

누가 불을 질렀나
오래전에 불이 났는데
아직 소방차는 오지 않고 있다
모기 만한 소리로
불이야! 불이야 외쳐보지만
삼계화택 세계가 다 타들어 가는데
누구 하나 불 끄는 사람들 없다
참 대책 없는 동네다
참 대책 없는 세월이다

요령

이른 아침 누군가를 부르는 소리
같은 요령소리라도
사제가 울리면 신이 부르는 소리
동네 두부장수가 울리면
두부 한 모 사라는 소리
참 걱정되네
사제에게 내 혼령 그럴듯하게 맡길 것이냐
뜨끈뜨끈한 두부 한 모에 막걸리 한 사발
겉절이 빨갛게 걸칠 것인가
참 요령 안 서는 아침이다

중광

괜히 왔다 간 사나이가 있다

그림 그리기는 그의 하나의 낙이었다

캔버스가 없어서 때로는 빈 하늘에다

때로는 마른 벌판에다 성난 붓질을 휘둘렀다

어느 날은 벼슬이 붉은 학을 치기도 하고

어느 날은 악을 쓰기도 하였다

그는 중이거나 스님이기도 하였다

꽃

꽃은 산과 들이 만들어낸 시계다 빠르게 지나가는 봄
여름 가을 겨울이 만들어낸 부호다 봄의 나비와 아지
랑이들이 차고 다니는 시계를 그냥 꽃이라고 부른다
구름도 그렇게 부르고 어린 소녀들도 그렇게 부르는
것을 보았다

해인사 홍제암 작약꽃 지는 밤에 하늘에는 영자 숙자
양자 헬 수 없는 별이 떨어지고 땅에는 아름다운 이름
들이 피어난다 그들이 과연 머리 박박 깎고 산문에 들
때 무엇을 구하고 무엇을 버리겠는가 흐르는 물에 혹
여 떠가는 잎새들을 무엇이라고 부르겠는가

번뇌처럼 하늘에 많은 별 자꾸만 떨어지는 밤 소녀들
이 차고 다니는 그 시계는 차라리 봄밤의 눈물이다 가
야산 홍제암 골짜기 작약꽃잎처럼 푸른 밤에는 몸뚱
아리 마디마디 아프고 별처럼 피어나는 시계들 많다

AI가 써준 시

검은 소나무 숲에서 크고 둥근 달이 떠올라 왔다
빈집 고요한 마당이 기원정사 큰법당이 되었다 밤마다
울어예는 소쩍새도 조용히 기다리는지
마치 부처가 가섭에게 말없이 꽃 한 송이를 내보이듯
둥근달은 바람도 잠든 총림 숲속에 은근한 법문을 내
리셨다 산천경계 총림들아 이제 그만 잠들거라 그대들
이 구하는 하냥 도라는 것이 잠 잘자고 밥 잘먹고 남
의 집 담 넘지 않는 바로 그것 아닌가 전도몽상 헛꿈
없이 잘 자고 기쁘게 새벽을 맞는 그것이 바로 정도 아
닌가 너무 많이 먹고 너무 재바름이 본래 평안을 그르
치나라 부디 자꾸 비우고 버려야 하느니라 총림의 초
목산천이 바로 나이고 그대들의 집이니라 얼마쯤 서산
으로 넘어간 이슬 머금은 달빛이 아직 우련하다

나무에게 이사 가기

이른 아침

해가 떠오르기 전에

작은 배 하나 띄워야 한다

봉헌의 시간이다

아무리 불러보아도 차라리 나는 일엽편주다

세상의 끝으로 떨어지는 별처럼

다 버리고 떠나야 한다

천 개의 호마를 밝혔나

오래전에 비워둔 몸

누군가 다 마셔버린 하얀 피는

이미 오래된 나뭇잎

어쩌면 이슬의 수액 가득 실은 가랑잎

작은 배 띄워 떠나가야 한다

배고픈 두꺼비

바람이 산을 넘고 있다 마치 숲을 다 데리고 가려는
듯이 비와 구름도 다 데리고 급하게 산을 넘고 있다
어디서 큰 전쟁이라도 하려는가 청설모 발가락 소리를
내지르며 맹렬한 기세로 산을 넘고 있다

빗줄기가 가늘어지는 쑥과 망초꽃과 토끼풀이 주인인
것 같은 빈집에 배고픈 두꺼비가 산다 산 너머에서 벌
어지는 전쟁 같은 굿거리는 아예 귀 막은 배불뚝이 두
꺼비가 산다 그는 배만 큰 것이 아니다 눈은 황소눈이
고 머리 또한 집채 만하다 뒤뚱뒤뚱 살기 위해서 사는
가 먹기 위해서 사는가 개구리도 아니고 올챙이도 아
닌 두꺼비가 하는 말이다 빨간 뱀딸기 꽃밭 아래 숲속
의 살림살이들이 다 그의 보물창고다

산을 먹는지 숲을 먹는지 하얀 산나리꽃 필 때까지는
그가 온 산의 주인이다 옥잠화꽃 피어나고 사슴처럼
목이 긴 연노란 나리꽃들이 빈집 같은 마당에 돌아올

때까지는 어지러운 숲속의 주인이다

아미타불은 어디 계신가 아미타불은 어디 계신가 불
난 집에 고양이 고해중생 건너가네 육도만행 난행고초
고해중생 건너가네 해가 떨어지는 산 너머 암자에서
늦은 염불소리 들려온다

바람의 얼굴

세상은 전화기 너머에 있다
살아 숨 쉬는 것은 소리뿐 얼굴은 없다
피카디리 극장의 화면 속에는
오래전부터 부지런한 팔과 다리들만이
금팔찌와 귀걸이들을 팔고 있었다

늦은 밤 종로3가 지하철처럼 불빛이 밝을수록
어두운 팔과 다리들이 바쁘게 집으로 가고 있다

너무 많은 시간을 살았는가
늦여름 회화나무 꽃 그늘 아래에서
그 좋은 몸뚱아리 다 내버리고
아름다운 얼굴 언제 잃어버린 지도 모르고

본죽집에서 전복죽 한 그릇 다 비우고
눈을 보고 말하고 싶다
따뜻한 두 손을 맞잡고 말하고 싶다

푸른 밤

다른 방향으로 가는 지하철처럼

그대와 나 지금 거리가 너무 멀다

둘째마당

인도에서 노래하다

─── • 이 시집 다수의 시편들은
  몇 해 전에 인도에서 쓴 것이다.
  가령 '전주'나 '낙안' 등도 그렇다.
  인도는 정우 형님이다.
  공덕무량이다.

오래된 극장에서

오래된 극장에서 하루 두 번은 얼굴을 바꾸는 사람들
이 있다

이들은 얼굴을 바꾸는 일이 하늘을 바꾸는 일보다도
더 큰 일로 생각하고 코코넛에서부터 수십 가지 뿌리
와 잎새와 열매로 만든 염료로 수천의 표정을 만들고
있었다 그들의 손끝으로 옮겨온 뿌리며 열매들은 그들
의 하늘보다 더 넓은 얼굴에서 수많은 귀신이며 야차
로 요염한 꽃으로 피어나고 있었다

우리는 그들이 피워내는 꽃들을 카메라에 담느라 바
빠서 미처 우리 표정은 얼마나 바뀌는지 생각하지 못
했다

이들은 이렇게 하루 두 번 수천의 손길을 다하여 대지
에서 가져온 빛과 어둠을 바르고 칠해서 수많은 또 다
른 얼굴을 만들어서 보여준다

오랜 시간 하나하나 피워낸 꽃들은 천 개의 얼굴로 바
뀌는 과정을 보여준다

물론 노래와 춤을 추기 위해서다 하늘의 신 땅의 신

물의 신 천지만물에게 경배하고 찬양하는 춤이고 찬
송이다

음악은 대지에 널리 퍼지고 춤은 호마불 위를 날았다

한 사람의 신은 연방 눈을 위아래로 굴리면서 관중을
들었다 놓았다 가만두지 않았다 우리의 얼굴도 가슴
도 이때만큼은 그저 단순한 두 개 이하로 정직하게 집
중하였다

우리를 높이 들었다 놓았다 하는 그 남자 배우는 이미
우리들의 수백수천의 얼굴을 다 가져가고 있었다

오래된 악기들은 우리들의 일그러진 심상들을 무대 위
의 만다라에 다 말아서 어디론가 멀리 던져버린다

그가 가져가 버린 우리들의 얼굴들은 이제 무대 너머
짙은 화장으로 긴 비로자나 장엄염불을 하고 있는지
호마불만 홀로 밝을 뿐 객석은 이제 저 먼 나라의 화
장찰해가 되어가고 있었다

아하 이래서 고전이고 오래된 극장이구나 더는 감출
수 없고 숨길 수 없는 불편한 우리들의 얼굴들 하루에
도 수백 번 바뀌는 우리의 모습 혹시 오늘만은 단 하
나의 착한 맨얼굴로 돌아와 있을지 모르겠다

노인과 바다

하루 온종일 바다 앞에 앉아 있었다

어제도 그제도 그렇게

작은 배 띄우며

지나가는 바람과 함께

아이도 어른도 하나 없는

아무도 없는 바다

밤은 이미 오래전에 덮어버린

수많은 책장

다리 부러진 도깨비들

아침 바다를 나르는

새도 아닌데 어떻게 물에 젖지 않으리

게들은 왜 아침마다 저렇게

수많은 집을 지을까

바람이 없는 바다 위를 뉘라서 거슬러 가리

새벽안개 사라진 숲속

오늘도 붉게 솟아오르는 태양은

또 어떻게 하나

아이도 어른도 없는 바다에서

작은 배

띄우고 또 띄운다

청새치 몇 마리가 끌고 가 버린 바다

이미 수평선 너머 일은 누구도 모른다

거룩한 몸

— 자이푸르를 떠나며

우리의 몸 거룩하여라

물과 바람과 모래와 불 다 모어서
이루신 몸
배고픈 개미와 모기들 다 행복한 숲
잠든 뱀과 거미들 한번은 찾아와 모시고
경배해야 할
마지막 순례의 땅

실패한 자는 다 내게로 오라
상처 많은 자 내게로 오라
착한 먼지처럼 잘 씻겨진
우리의 몸
거룩한 법당
어리석음을 먹고 사는 신의 집
지상의 모든 땅은 우리들의 식어버린 피

지금 이 시간 누가 무릎을 꿇고 울고 있는가

모든 가난의 아버지는 우리의 몸

야자나무 위에 높이 매달린 땅

불이 꺼지고

모래언덕에 바람 불어오지 않는다

작은 들꽃처럼 흔들리는 밤과 낮

코끼리들이 다 물고 가 버린

봄과 여름

가을의 노래를 찾아야 한다

꼭꼭 부둥켜안아라

툰드라의 긴 밤을 벗어나야 한다

우리의 몸 거룩한 별

저 새벽의 사나이들이 건져 올리는 그물이

우리의 마지막 몸이다

하얀 꽃

거리의 하얀 꽃
다 나와서 손 흔들어 준다
멀리서 혼자서 왔다고
하얀 꽃들
오래 기다린 듯
열심히 손 흔들어준다

이렇게 눈부시게 흔들리는 흰 꽃들은
누가 다 불렀을까
간혹 보이는 붉은 꽃들은 또 누구의 손짓인가
어쩌다 보이는 나도 모르는 나의 얼굴

이미 지나온 길 다 지워지고 굳게 닫힌 입
며칠은 어지러운 꽃향기
오래 보이지 않겠네

시계

시계는 혼자서 바쁘다

태어나 단 한 걸음도 떠나보지 못한 시계는

꿈의 나라

밤의 한가운데서 바쁘다

아흐 누구라서 저 바쁜 걸음을 멈춰 줄까

사막 하나가 집을 짓고

초원도 아니고 강변도 아닌

마른 모래밭에서 태어나

모른다

천년을 살았는지 만년을 살았는지

사막은 단 한 번도

푸른 숲과 계곡을 꿈꾸지 않았다

오직 모래 위에서

낮에는 낙타들의 검은 눈썹 그늘 아래

푸른 밤에는 이슬과 별과 천천히 지나가는

달그림자가 그들의 집이었다

여우 잡는 독수리들 잠이 든 사이

다시 천년을 살았는지

모랫속 깊은 곳에 집을 짓고

해와 달은 그 누구와 함께 지나갔는지

오래 걸어보면 안다

혼자서 걸어가는 길

목이 마를수록

누구라도 멀리서 보면

그곳에 가고 싶다

그러나 크게 울린 소리 하나가

아무리 급하게 달려와도

마침내 멈춰서야 하는

바람 위를 흐르는 모래처럼

다시 천년을 지나

사막 하나가 집을 짓고

눈 먼 나라의 과수원

시간을 알 수 없는 어느 땅에 눈 먼 과수원이 하나 있
다고 한다 이 나라 나무들은 모두 눈이 멀고 귀가 들
리지 않는다고 한다 나무들뿐만 아니라 해와 달과 흐
르는 물까지 다 눈이 보이지 않는다고 한다 기르는 염
소와 닭들은 새벽을 부르지 못한다고 한다 아침은 저
녁을 부르고 저녁노을들 아침을 불러보지 못한다고
한다 마다가스카르의 바오밥나무처럼 키가 크고 몸이
튼실한 나무들 아직 하늘이 푸른지 바다의 갈매기들
어디로 날아가는지 보지 못하였다고 한다 아직 히말
라야의 설산은 얼마나 높이 솟아있는지 잉카의 황금
투구는 누가 쓰고 있는지 모른다고 한다 어쩌면 세상
에는 보지 않아도 될 그 무엇들이 많아서인가 펼쳐둔
책장들 하얀 식탁보들 오래된 피아노 건반 위의 악보
들 바쁘게 날아가던 새 떼들 항아리에 가득 담긴 술과
향기들 넘쳐나지만 누구 권하거나 먹을 사람이 보이지
않는다고 한다

지금은 몇시인가

세상은 너무 멀고 무섭다

달 따러 가자

날도 맑고 바람도 좋다

몇 개 별들 긴 사다리 삼아

저 하늘의 큰 달 하나 따러 가자

마을에는 사람들 잔뜩 모여 있다

한번 큰소리 모아 긴 사다리 하나 만들어보자

기다린 보람이 있다

달도 차면 누군가는 따 주어야 한다

큰 목소리로 길고 먼 사다리 하나 만들어라

이제 한번 나누지 못한 손 뜨겁게 잡아보자

마을 사람들 아직 소리가 조금 작다

더 큰소리를 모아야 한다

오늘 한번 끝장을 보자

큰 북을 쳐라 징과 꽹과리 잘 맞아든다

길고 큰 사다리를 만들어라

하늘의 둥근 달 하나 따러 가자

재즈에 대하여

모두가 잠든 밤

한 사나이가 나타났다

오늘도 어김없이

사거리 빈터에서 콘서트를 하고 있다

마치 당신은 어디 멀리서 온 사람이라는데

그렇게 잠이나 잘 것이냐는 듯

며칠째 한밤의 공연을 하고 있다

레파토리는 단순하지만 그러나 깊숙하다

어떤 가수의 오래된 노래같다

나 목이 말라요

나 배가 고파요

따뜻하고 포근한 침대에서

달콤한 와인 한 잔에

잠 좀 자고 싶어요 라고

몹시 거칠고 메마른 목소리로

절규인지 하소연인지

잠든 밤을 흔들어대고 있다

사거리 작은 콘서트홀은

그가 흔드는 대로

밤의 어느 강인지 바다인지

흔들리면서 가고 있다

어쩌면 이 도시의 밤은 이렇게

그의 불면의 바다는 아닌지 모르겠다

이제 나의 잠은 그의 외로운 밤을

지킬 수밖에 없다

그의 목마른 밤은 어느덧

나의 밤이 되어버렸다

한 남자
— 사랑의 여신 미낚시

물고기들도 한낮에는 쉬어야 하는데

한 남자

공원의 나무 그늘 아래서

열 받은 기차 화통소리로

물고기들 쉬고 있는 나무 그늘을 흔들고 있다

귀 기울이는 사람도 별로 없는데

공원의 나른한 한낮을 내쫓고 있다

늦게 마누라 하나 얻었는데

그 젊은 마누라

언제부터인지 밤에 잠을 자지 않는다는

그런 불만인지 하소연인지

거의 자랑삼아 떠들어 댄다

알고 보니 그 여자

눈을 감을 수 없는 일평생을

온종일 눈을 뜨고 살아야 하는

그런 사람이라는 것이었다

듣고 보니 화통소리 내지를 만하였다

물고기들 물에서 잠을 자고

새들은 하늘을 날아야 하는데

이 남자의 젊은 마누라

눈뜬장님이 아니라 아예 눈 감을 수 없고

눈 감을 생각조차 없다는 것이다

세상의 그 크고 작은 일들을 다 보아야 하고

듣고 알아야 한다는 것이다

사람이 살아가면서

저 너머 세상까지는 아니라도 한세상

강물이 맑거나 흐리더라도

차라리 눈 뜬 물고기가 되겠다는 것이었다

어찌하든 기차는 멀리 떠날 것이고

물고기들 한낮의 망중한은 다 달아났는데

참 대단한 그 남자와 그 마누라

이제 남은 건 이 세상 하나 그저

잘 되는 일 뿐인 것 같다

세상에는 이런 부부도 사는 것 같다

눈물

빈방에 혼자서 먹던

석류알 붉은 눈물에 젖은 내 팬티

아무리 빨아도 석류알

붉은 눈물 지워지지 않는다

빈약한 내 아랫도리를 책임지는

내 팬티는 지금

혼자서도 부끄러운

빨간 빤스다

수건

언제부터인지 수건 하나가 나를 따라 다닌다

시장에서 산 수건답게

표나지 않고 때 묻지 않는

하얀 줄무늬가 들어간 주황색 수건이다

아침에 일어나면 나보다 먼저 내 얼굴 닦아주고

차도 같이 마시고 토스트도 잘 구워낸다

긴 한낮에는 음악도 같이 듣고 가끔 낮잠도 잔다

해질 무렵의 바닷가는

수건이 제일 좋아하는 시간이다

돌아오는 길에 수산시장도 들러서

어묵도 사고 튀김도 사 온다

밤이면 불도 같이 끄고 차가워진 몸 넓게 펼쳐준다

나의 잠은 거의 수건이 알아서 자고 일어난다

이제 수건은 나를 잘 안다

모기도 쫓고 나비들 새들도 쫓는다

내 옆에는 언제나 엄마 아닌 수건이 지켜준다

내 겨드랑이도 잘 알고 사타구니도 잘 안다

오물도 닦아주고 온갖 허물도 덮어주는

지금 나는 꽃보다 수건이다

행여 그 누가 외설스럽게 타올이라 부르지 마라

여기 수건은 나보다 더 내 옆에 있다

꽃을 딴다

꽃도 밤에는 잠을 자야 하기에 꽃은

이른 아침에 따야 한다

공원이나 담장 위의 꽃보다도

한적한 숲길이나 거리의 꽃들을 따야 한다

꽃은 거리의 꽃들이 더 예쁘고 향기가 깊다

비록 흙먼지 뒤집어쓴

이름도 없고 모양도 색깔도 초라하지만

그 향기와 버티고 견디는 힘은

담장 위에서 곱게 자란

어여쁜 꽃들과는 많이 다르다

이른 아침 숲길이나 거리를 걷는 사람 있거든

저 길거리의 들꽃들에게 인사하시라

모든 꽃들은 다 이유가 있어서

피어난다고 하지 않는가

지나가는 먼 나그네라도 되어

조용히 다가가 예쁘고 귀여운

이름 하나씩 선사하시라

그 누구에게 바치는 꽃보다도

우리 모두는 상처 많은 사람들

이 아침 자신을 따뜻하게 감싸주는

굿모닝 너희가 예쁘니

나도 즐겁다고 인사하시라

길 모퉁이 책방

누가 저 많은 책을 다 읽었기에
무더기로 세일을 하지
대단하다
세상이 얼마나 쉬웠으면 저렇게
한꺼번에 넘길 수 있을까
빵 한 조각 물 한 모금 마시고
나는 아무리 읽어도
단 한 페이지가 쉽게 넘어가지 않던데
아무튼 저렇게 한꺼번에 넘겨도 쉬운 놈 있고
몇 밤을 새워 아무리 넘겨도 넘어가지 않는
그런 세상 따로 있나 보다 젠장

학교

이른 아침

연필 하나씩 들고

아이들이 학교에 간다

푸른 숲속의 교실은 이미 연필로 가득하다

책들은 선생님을 기다리고 있다

내 친구도 선생님을 좋아한다

바람에 창문이 열렸다 닫히고 닫혔다 열리고는 한다

내 친구는 책을 많이 읽는다

나도 가끔 친구 따라 책을 읽는다

친구는 책도 쓰고 시도 잘 쓴다

친구는 오래전에 이미 연필이다

친구 책은 연필도 잘 읽는다

그것은 햇볕 가득한 숲도 알고

선생님들도 잘 알고 있다

친구는 튼튼한 이빨도 연필이다 모두가 연필이다

친구 엄마 아빠가 연필이기 때문이다

선생님도 알고 우리반 모두가 잘 알고 있다

차 파는 남자

바닷가 동네 네거리의 사람들 제일 붐비는 집

지난밤 파도소리에 목이 마른 사람들

다 모이는 곳

그는 동네에서 제일 부지런하다

사거리 전부가 제 집의 안뜰인 양

물뿌리고 몽당빗자루 하나로 환한 아침을 만든다

모른다 총각인지 예쁜 각시는

어디서 아이들의 엄마인지

가끔 그의 늙은 엄마가 밀린 찻잔을 씻고는 한다

그의 차는 맛있다

그의 조용한 미소는 편하다

더운 한낮이 가고 또 다른 하루가 찾아올 때

사람들은 그때가 또 무슨 목이 마른 시간이 된다

그는 하루를 감정이 조금 섞여진 우유

감정이 조금 격해진 차를 만들고

또 나르고는 한다

때로는 혼자서 조금은 나른한

분홍빛 홍차를 한 잔 마실 뿐

그의 시간은 특별할 것이 없다

동네 사람들 지나가는 손님들이

이런저런 시간을 엮고 만들 뿐

그의 시간은 물이면서 그냥 지나가는 바람이다

그가 오늘도 가고 있다

그가 오늘도 하루를 조용히 보내주고 있다

그는 그렇게 말없이 사람들에게

다가가고 다가오고 있었다

어쩌면 우리도 그렇게 누구에게 조금씩

다가가고 싶은지도 모른다

오늘 밤부터 작은 등불 하나는 밝히고 자야겠다

성

이른 아침 누군가를 부르는 소리가 있다

지상에 살면서도

하늘의 일에 관심이 많다고 한다

지상의 일 하늘의 일 너무 많아

하루가 모자라는 사람들이 또한 이들이다

아무리 쓸어 담아도 흘러내리는 것이

모래였는데

다가갈수록 멀어지는 산이 있다

멀어질수록 하늘은 가까워지는가

아침 강가에 맑은 바람 불어오는데

식탁 위에 쌓아놓은

빵보다 무거운 땅들은 또 어찌할 것인지

얼마나 더 기다려야 하는지

동행은 아직 보이지 않는다

조금 더 가면 하늘에 이르는가

새들이 날아오른다

산 가까이에 이르렀다

나를 부르는 소리는 아직 들리지 않는다

비가 그쳤지만

멀리서도 보이던

성은 이제 보이지 않는다

도둑들

지난밤에 누가 내 식탁의

푸른 보석들을 다 훔쳐 갔다

아침 점심이면 나를 즐겁게 하는 달콤한 보석들을

가난한 식탁만 남기고 훔쳐 달아났다

나는 생상도 아니고 브람스도 아닌데

할 수 없이 마른 빵에 목마른 우유를

마실 수밖에 없다

저 숲이나 들에는 먹을 것들도 많을 텐데

그것도 줄줄이 떼를 지어

하필 가난한 내 식탁의 보석들을 탐내는가

다시 훔쳐 가지 마라

먼 적도의 칼리만탄 섬에서 찾아오는 손님들

아침부터 식탁 혼자서

저 작고 가난한 도적들과 큰 전쟁이다

춤

어디선가 노랫소리 크게 들리는 밤

빗방울처럼 별빛 쏟아지는 밤

나의 손은 나뭇가지에 걸려 있네

나의 귀는 떨어진 낙엽처럼

길에서 나뒹구는 중이네

물감 잔뜩 머금은 바람들

마구 쏟아지는 별빛들

나의 외로운 두 발은

밤의 소리를 따라가고 있네

거리는 큰 바구니

떨어진 귀와 손

멀리 달아나고 싶은 두 발을

빠르게 흘러가는 강물처럼

다 쓸어내고 있네

아프리카 사내보다 더 희고 단단하던 나의 치아

이제 나의 외로운 갈비뼈는 단 두 개가 남았네

눈물을 훔치고 나온 듯한 달빛 아래서

거리의 온갖 소리들은 배가 부르네

늙은 나뭇가지에 매달린 나의 두 손은 위태롭네

어디선가 노랫소리 끝없이 들리는 밤

별빛 잦아드는 길 위에서

이리저리 나뒹구는 나의 귀

오층에서 1

오늘도 수녀원에는 수녀들 보이지 않는다
아이들 뛰어놀던 옥상에는 아이들은 어디 가고
빨래들이 나와 있다
그렇지 빨래들도 좀 쉬는 날이 있어야 하지
세상 구경하기 좋은 날이라는 듯
살랑살랑 한가롭다
키 큰 야자나무들 하늘이라도 다녀왔는지
좀 말끔하면서도 차분하다
오늘은 사람들 다 비운 세상
빨래들과 야자나무들이 교황이다
검은 바닷새들도 놀러 와서
조용히 성당을 지키고 있다
지금은 하늘도 멀리 있다

오층에서 2

저 앞 클루니 수녀원 건물에서

아이들이 웃통을 벗고 놀고 있다

그 옆 키 큰 야자나무도 야자열매 몇 알

매달고 같이 놀고 있다

그러고 보니 딱 오층이 적당하다

하늘이 너무 멀지도 않고

어젯밤 신부의 강론이 너무 길었지만

세상을 한꺼번에 다 축복할 수 있는

광장은 아니어도

아래 지나다니는 사람들

손도 흔들어 줄 수 있고

살살 풍겨오는 맛있는 냄새

다 맛볼 수 있고

그러고 보니

오층은 딱 교황되기 적당한 높이다

가야의 밤

오래 기다린 듯이
오늘 밤 누군가의 기차는
어둠 속을 달리고 있다
불은 다 끄고 짧은 기적 위를 달리고 있다

바나나 잎에 둘둘 말린
마른 몸뚱아리 같은 시간들 몇 뭉치 싣고
먼 어둠 속을 달려가고 있다

가야의 논길

추수 끝난 가야의 논길을 걷는다

안개 속이라 잘못 든 길이다

소나 쟁기 농부들 보이지 않는다

큰 벼 낟가리만 몇 개

폐사지의 탑처럼 쌓여 있다

걸을수록 배부른 지주처럼

안개가 길을 걸어간다

쇠똥을 밟았는가

작은 웅덩이에 빠졌는가

도시에서 묻어온 발걸음들

도무지 중심을 잡지 못한다

앞서가던 동무의 등 뒤는 먼 산이다

낡고 오래된 오두막 하나

궁시렁궁시렁 마른 논두렁길

궁시렁궁시렁 티벳중들의

탄뜨라 외우는 소리

안개는 차라리 숲속의 사원이다

대지는 이미 붉은 개미들의 오래된 집이다

정말 우리는 흙에서 왔을까

도시의 저 많은 길들 불빛들도

이 흙의 자식들일까

내달리거나 뒷걸음치거나

안개 속에서

돌아갈 집이 없다

양치기 소년

양몰이는 어려운 법

곧잘 뿔 다툼질 잘하는 양들을 데리고 어쩌겠는가

뿔다툼질 구경하느라 먹이라는 풀은 안 먹이고

달력만 줄창 뜯어냈구나

아이야 뜯어낸 달력 좋아하지 마라

우지끈 뿔다툼질에 한세상 바로 무너졌느니

한갓 마른 풀잎 같은 허연 수염에

양몰이는 더더욱 어려운 일

솟아나는 뿔 곧장 짤라야 하겠더라

모자

우연히 본 거울에서

어디서 많이 본 남자를 만났다

나 같기도 하고 나 아닌

어느 허름한

이웃 같기도 한 인간이 희미하게 웃고 있다

분명히 깎은 머리였는데

채플린 모자는 아니고

인도에 와서 카레를 많이 먹어서인가

구루의 그 머리 그 모자를 눌러쓰고 있다

수염이나 좀 기르고 마른 지팡이 하나 들면

오래 묵은 구루 그대로인데

이대로 아예 강구토리 너머 설산으로

들어가야 하나

바라나시 화장장의 집사가 되어야 하나

기왕 영화에 나오려면

저 나일강을 헤엄쳐가는 그 눈 까만 오마 샤리프

그의 고향집 룩소르 사막의 여왕의 궁전에서

차를 마시는 그런 그림이 좋은데

여기서 사하라까지는 너무 멀고

다음 영화는 어디서 찍어야 하지

길 그리고 이름모를 강들이 만들어준 이 모자

추운 서울에 가서도 쓰고 다니면 안 될까

도시 만들기

알 수 없는 손 하나가 나를 여기까지 데려왔다

곧장 가던 길 어떻게 비틀었는지

한참 지난 흑백영화 바로 그 장면이다

집과 거리의 사람들

약간 물 빠진 듯한 옷을 입고 다닌다

아무리 살펴봐도 노란 장미꽃 바구니는 없다

마음대로 칠한 벽화들이 오히려

이 도시의 사람들이다

물이 나빠서인가

만나는 사람마다 차를 권한다

차를 너무 많이 마셨나

눈과 머리색이 잘 마른 연잎같다

거리를 휩쓸려 다니면서 나도 모르게

조금씩 비틀어 보았다

다니는 골목길도 좀 비틀고

사람들 무리들도 좀 비틀고

나름 재미가 쏠쏠하다

이리저리 아이들 장난치는

골목길들은 길게 왜 오셨대유— 하는 것 같고

해가 지는 저녁 무렵

사람들은 마치 크게 비틀린

뭉크가 번지고 있는 것 같다

오래 비틀려 가시만 남은 길

아무리 지우려 해도

끝까지 따라다니는 그림자 하나

내가 여기까지 온 이유를 이제 알았다

이렇게 지우거나 비틀어도 되는

세상이 있다는 것을

아이들도 그릴 수 있는 그림이

여기에 있었다

향 파는 노인

좌우 어디를 봐도 가로수 하나 없다

오래전에 립스틱 벗겨진 듯

상가 건물은 세트장으로는 그만이다

시장은 아침부터 사람들이 분주하다

어디서 몰려온 사람들인지

무엇이 그렇게 필요한 것인지

사람들은 이른 아침부터

시장을 가득 메우고 있다

어쩌면 이들은 무슨 물건을 사고파는

사람들이 아니라

어떤 영화에 필요한 엑스트라는 아닌가 모르겠다

역시 영화는 이렇게 화면이 꼭 차야 안심이다

소품인지 주인공인지 그 복잡한 구석에

나를 한 십 년쯤 뒤로 당기면 될듯한 노인 하나가

오랫동안 그렇게 기다린 듯

향 꾸러미를 맡긴다

향은 분홍도 노랑도 아닌 진한 검은색

그 노인의 오랜 눈빛이 가득 담긴 것 같다

향기는 달고 진했다

아마 깊은 산골 오래된 나무뿌리가 내는

그런 진한 향냄새였다

그러나 나는 노인이 떠맡기는 향 보따리보다

떠맡기는 손마디와 그 표정 그리고

노인이 가지고 온 깊은 산속

흙투성이 보따리가 더 갖고 싶었다

갑자기 이제까지 내가 먹던 차와 향

어쩌면 여기까지 걸어온 길이

몇 걸음 되지 않을지도 모른다는 생각을 하게 된다

나는 이런 각본과 설정이 좋다

대사는 없지만

지금 우리에게 필요한 것이 아직 먹어보지 못한

어떤 향기와 차 한 잔이 아닐까 싶다

배우나 세트장이로 너무 건조하고

목이 마르기 때문이다

고전의 향기

식어서 부패한 음식은 안되지만

오래된 책과 음악 그리고 고궁들

우리를 끝없이 꿈꾸게 하고

황홀하게 하는 수많은 미술관들

비가 내리는 이른 아침의

잘 정돈된 옛 거리는

누구나 좋아하고 사랑한다

잘 가꾼 마을의 숲과 담장 위의 꽃들 논밭들은

우리를 이 세상에 살고 싶게 하는 근거가 된다

음식 또한 수백 개의 손과 긴 혀의 대물림은

얼마나 행복하게 하는가

비 오는 밤의 오토바이 타고 가는 사람처럼

우리 모두는 삶의 어둠 속에 피어있는

위태로운 촛불들

몹시 어렵고 고통스러운 날은

살아보아야지 한 번 더 허공을 날으는 새 떼처럼

조금 멀리 떨어진 작고 오래된 마을을 찾아

지친 어깨와 손마디를 위로하며

하룻밤을 밝히는 것도

우리를 이 땅에 살 수 있게 하는 이유가 아닐까

집으로 가는 길

마이소르 아직까지 옛 왕조의 그늘에서

살고 있는 이 도시에서

결코 적지 않은 시간을

이것저것 모으고 살피며

왜 이 거대한 왕국이 그렇게 허망하게 무너졌는지

누가 무슨 힘으로 단숨에 제압했으며

그 많은 장군과 병사들

황제와 후궁들은 어디 갔는지

그날 밤 왕비의 궁전에 떠 있던 초승달은

오늘밤도 다시 떠오르는지

마치 내 살림 하루아침에 거덜 난 양

제법 많은 밤을 잠 못 이루고는 하였다

한갓 개인사 하나도 기복이 있고

성공과 좌절이 있는데

하물며 오백년 넘는 왕조의 흥망성쇠가

어찌 나의 짧은 불면의 몇 밤이랴

생이란 길다면 길고 짧다면

속절없는 숨 한 번의 일이라지만

큰 세상이 요동치는 사변이라니

그렇게 쉽게 자료를 넘기고 책장 위에서

잠들 수 없는 노릇이었다

지금도 성벽 안과 밖에서는 거래가 왕성하고

기만과 술수가 난무하다

속고 속이고 죽이고 살리는 일이 또한 다반사

그 많은 책장들 사료들 하염없이

넘기면 넘길수록 궁궐을 짓고

성곽을 쌓던 그 많은 사람들

다 사라진 이 마당에 오늘 밤에는

그저 꿈도 없이 푹 자고

후궁도 시종도 없는 나의 집에서

쓸쓸한 아침을 먹고 싶다

이제 그만 돌아가는 길을 찾고 싶다

바나나 사탕수수는 결국 태양이 익히는 일

이 거리의 흙먼지 다 마시고

들판의 건초 다 태우기 전에

이제 돌아가고 싶다

평원 저 멀리에 산이 보인다

무너진 왕조의 성벽 같은 큰 바위산이

마치 사자 한 마리가 갈 테면 빨리 가보라는 것인지

조바심치지 말고 조금 더 있어 보라는 것인지

나를 노려보는 것처럼 길게 누워 있다

사라진 도시

하늘에 구름들 제멋대로 떠다니고 있다

누가 그렸는지 모래밭에서 집들이

자꾸 휩쓸려 간다

빈 벌판에 마구 버려진 쓰레기처럼

양들이 제멋대로 풀을 뜯고 새끼 치는 도시가 있다

이 도시는 내가 그렇게 다시 와보고 싶었던 곳이다

저녁 시간 오래된 시장에서는

호객과 흥정보다는 마치

요르단의 어느 계곡도시에서

오랫동안 차를 따르고 향을 팔던 것처럼

사람들은 진중하면서도 은은하게 손님을 맞았으며

손님들 또한 먼 이방인처럼

조용하면서도 신중한 거동으로

차와 향을 사곤 하던 시장이 있었던 곳이다

황금과 주석 빛나는 흰색의 은으로 만든

귀걸이와 팔찌 아름다운 꽃병들은

누가 다 모아 갔을까

길을 잘못 들었나

그동안 잘못 계산된 세월이 있었나

양들은 왜 이렇게 거칠어졌으며

벌판의 저 모래바람들은 어디서 불어오는지

그렇게 도시의 저녁을 단 두 개의 뿔로

조용히 가라앉혀주던 흰 소들은 어디 갔으며

그 많던 수백 가지 향료와 도시의 밤을 감싸주던

비단들은 어디 갔는지

누가 이 그림을 잘못 그렸나

예전의 그 미로 같고 미궁 같던 도시 하나가

먼 세월의 발밑으로 사라졌다

목선 위에서

멀리 큰 배들이 떠 있다

바다는 맑고 물결은 적당하다

그러고 보니 이런 바다도 오랜만인 것 같다

나이 든 주인이 나에게는 이런 배가 좋겠다고 권해서

적당히 낡고 적당히 세월의 물살을 탄

배 하나를 구했다

동트기 전의 바다는 언제나 좋다

첫새벽 동네 목욕탕의 맑고 뜨거운 바다야말로

우리의 다치고 아픈 몸을 다 맡길 수 있다

바다는 누이처럼 각시처럼 저 한복판

제일 부드럽고 편안한 물결에 우리를 쉬게 한다

하늘은 높고 바람은 적당하다

구름 한 점 없는 저 하늘에

이제 내가 한 덩어리 구름이다

큰 배가 지나간다

내 작은 목선은 그 물살에도 심하게 흔들린다

흔들리면서 어느덧 바다 한복판으로 나와 있다

가끔은 이렇게 멀리서 자신을 바라보는 것도 좋겠다

가끔은 이렇게 높이 올라가 세상 멀리

자신을 다 내려놓고 오는 것도 좋겠다

이렇게 혼자서도 좋고

누구 동무라도 같이 나와서

저무는 바다를 오랫동안

바라보는 것도 좋겠다

나를 흔들던 큰 배는 항구에 닻을 내릴 것이다

지금 나의 닻은 어느 항구에 내릴 것인가

세상의 밭에 심어놓은 나무 한 그루 없고

강물에 나룻배 한 척

제대로 띄워보지 못했는데

아예 오늘 이 바다

몽골 사막에 심어야 할 나무들 다 심고

불황의 옥포조선소 제일 큰 배 한 척

진수하여야겠다

이상한 나라에 왔다

이상한 나라에 왔다

사람들 모두 머리에 태산은 아니고

큰 집 하나씩 얹고 다닌다

수염은 대왕의 수염이고 크거나 작은 초승달

칼 하나씩은 차고 다닌다

큰 신전을 중심으로

황궁 같은 건물들이 거리를 만들고 있다

물고기 떼들 물속에서 유영하듯

거리에는 흰색과 주황색

터번을 쓴 사람들이

밤의 어둠을 밀쳐내며

알 수 없는 주문처럼 물결치고 있다

나는 지금

그 물결 속의 작은 수초 한 뿌리

흐린 하늘 사이로 반쪽 달 하나가

나를 지켜보고 있다

오늘밤 나는 이들이 가고 있는

저 영원한 나라에 따라 가던가

이대로 곧장 돌아오지 못하는

침몰의 밤을 맞을 것인가

나는 정말 말로만 듣던 경계의 바로 그 길목

흐린 물결 속에서 홀로 헤엄치고 있다

어떤 행운이 있어야 이 물속에서

꼴깍꼴깍 마시는 물이

평생에 다시는 마셔볼 수 없는

물 한 모금일 수 있을까

나는 지금 이상한 나라에 와서

처음으로 꾸는 꿈을 꾸고 있다

라닥 탕카

히말라야

무너진 구개왕국의 버려진 창

하일라시 모래 위에서

바위 속에서 피어난 꽃

차라리 바람으로 나투신 꽃

구름처럼 자꾸만 피어나는 만다라

고개 너머 또 고개

산 너머 또 환희와 고통의 산봉우리

지상의 모든 부처를 모시라

여기는 땅이 아닌 바람의 나라

저 산밑에서 뿌리들은 올라오고 있다

각각의 산봉우리마다

구름 위의 무지와 절망을 모시라

지금 뜨겁게 들끓고 있는 저 바다는

이 산중의 왕 하일라시의 위대한 아버지

배고프고 목마른 바람은

이 산 위에 다 모여 있다

환희와 고통의 초원에서 피어나는 꽃

길은 하나가 아니라고

비로자나 아무리 멀리 떨어져 있어도

그대 깊은 가슴속에 있으니

가장 힘센 야크도 나를 수 없는

카슈다애플 신들이 마시는 쥬스를 마시고

이제 오늘밤 다른 별은 노래하지 않겠다

찻집에 간다

바나나 잎사귀가 맑은 햇살을 펼쳐 드는 아침
아직까지 세상 모르고 자고 있는 개와 고양이들
거리의 쓰레기들
생선 좌판 위의 까만 눈알들
새들처럼 어린 푸레나무 위에서 기다리고 있던
시간들이 나를 안내하고 있다
과일바구니의 오렌지
청포도 푸른 알맹이들은 언제나 반갑다
집 앞에 그려진 축복의 신비로운 헤나들
구걸하는 영감들은 아침이 있어야 한다
검은 식빵들이 오늘 아침에는 더 검고 크다
골목마다 저놈의 쓰레기들 오토바이 타고
어디 좀 멀리 가지 않나
나보다 일찍 온 사람들이 자리를 뜬다
오늘은 사람들이 적다
어디 멀리서 온 기분이다
차는 이렇게 멀리서 와서 마셔야겠다
이 아침 누군가에게 차 한 잔 대접해야겠다
오늘도 차 한 잔이 주인이다

끝

드디어 기차가 천천히 멈춰선다

여기가 그 끝이라는 곳인가

아직 파도소리는 들리지 않는다

내가 가지고 온 바이올린은 이제 버려야 한다

G선에 서 있는 음계들

오래전에 각오한 듯 하나씩 물러난다

하얀 손짓처럼

이제 그만이라고 말하는 갈매기 그림이 보인다

내 힘 밖의 아니

나의 힘으로는 감당하기 힘들었던

밤들처럼 이제

경계는 없고 아슬아슬한 작두 타기도 없다

많은 풍경 담아왔어도

옮겨 놓을 화폭은 가져오지 못했다

공기도 맑고 여기는

먹을 것도 많을 것 같다

아끼던 식기며 식탁들 다 버려두고 왔는데

아직 가지고 있는 무엇이 있을까

플랫폼을 빠져나가는 긴 차량들처럼

집으로 가는 사람들

완전히 사라질 때까지

여기까지 와서

이제 뒤도 없고 먼 앞도 없다

처음 나서는 사람처럼

아침에는 제법 바쁘게 서둘렀어도

돌아보면 오래 걸리지도 않았던 것 같은데

갑자기 G선 위에 서 있는

나보다 먼저 사라진 음계들 실고

기차는 나 아닌

어느 먼 바다로 떠나고 있다

코치에 왔다

언제나 바다는 편하고 반갑다

긴 수로를 따라 이어진 바나나 야자나무 숲길을 헤치
며 왔다

기차는 예전에 탔던 낡고 오래된 그 기차였지만 시간
은 잘 지켜졌고 한 무리의 어디 성지순례 다녀오는 사
람들의 소란스러움만 아니었으면 이상이 걱정되는 녹
색나라의 물고기들이나 다녀야 할 길이었다

우리들에게 오는 행운이 그렇듯 수로는 잠깐 나타났다
가 사라지고 사라졌다가는 어디서 더 넓고 맑은 바다
로 난 강들을 데리고 나타났다가 바나나 무성한 잎사
귀 사이로 사라지곤 했다

약속도 없었고 예약도 하지 않았지만 저녁 무렵의 바
다는 언제나 이렇듯 무심하면서도 편안하게 나를 받
아준다

거리는 아침 커피 한 잔에 슬슬 더워지고 있다

나는 이곳 포트 코치에서도 제일 좋은 위치에 제일 좋
은 가격으로 숙소를 찾았다

많은 숙소와 식당 가게들이 모여있는 사거리 오래된 이층집 붉은 황토기와에 좁은 계단 위로 바로 내 방이다

그래도 작은 테라스에 낡은 의자가 오래된 세월을 앉혀놓은 이 거리 제일의 조망이다

작은 방이지만 천장은 높고 노란색 긴 기둥 하나가 오는 손님의 밤을 단단히 지켜주겠다고 하는 것 같다

지난밤은 숙면이었던가 아침의 표정은 좋다 무슨 중국식 어망이라고 그러던가 마치 큰 소쿠리 같은 어구로 아침 바다를 한 웅큼 크게 떠오듯이 퍼낸 고기들이 힘껏 퍼내온 바다만큼 모여 있다

이런 아침은 맑은 대구탕이 좋은데 여기는 거제 구조라가 아니어서 아쉽다

밤사이 짧은 수로여행이라도 다녀오셨나

닫혔던 문들이 하나씩 열리고 어제의 손님이었던 내가 오늘 아침 이 거리의 오래된 주인이다 가게 사람들 하나씩 올려다보면서 뭐든 다 드리겠노라고 인사하는 것 같다

바다를 닮아서인가 친절하고 씩씩한 아침이다

가야 마두라스 익스프레스

생쥐 몇 마리가 끄는 기차다

가거나 말거나 아직 그 들판을 달리는

마두라스행 익스프레스

눈이 검고 혀가 긴 여인네들

분홍사리에 치자빛 발가락은

굵은 코끼리를 닮았다

하얀 치아는 그대로 아쇼카대탑 위에

올라가도 되겠다

들판의 덤불 태우는 연기 자욱하고

어린 양 떼들 집으로 돌아가는 소리 가득하다

조금은 고단한 시간들이 타고 또 내리고

땅콩 껍질 속에 갇혀있던

고소한 아픔 혹은 즐거움들이

가거나 말거나

작은 역들은 지나쳐도 되는 것인가

지난 역에서 내린 사람들 다시 만날 수 있나

생쥐 몇 마리 부지런히 달리고 있다

가야에서 출발한 청년들

벌써부터 마두라스가 무섭다

안개 속에서 먼동이 터오는데

두려움과 고단함과 설레임은 다 잠이 들었는지

그나마 차 파는 남자들 보이지 않는다

마라모텔

붉은색 지붕 위에 까마귀 몇 마리 놀고 있는

마라모텔 늙은 개 한 마리 잠들자

다른 개들 길거리에 눕는다

늙은 파도가 떠나간 뒤 젊은 파도들

마라모텔 하나 세웠다

나는 이미 오래된 나그네

옆방의 손님은 언제 오시나요

진한 잉크물이 잠궈 놓은 빈 방

열어볼 수는 없지만

나보다 오래전에 들어온 바다

바나나 몇 개 먹고 잠이 들었네요

떠나기 전에 바다의 깊은 잠 깨워야 할 텐데

옆방의 손님 심심했다고 외로웠다고

전해달라 말해야 할 텐데

모래

언제 그렇게 많은 사막이 들어왔는지

몸에서 셀 수 없는 모래가 쏟아져 나온다

붉은 양귀비꽃 솜털처럼

눈에서 머리에서 심지어는 배꼽 속에서도

나오는 것 같다

초승달이 들어왔는지

길 잃은 낙타가 들어왔는지

폐위된 마지막 칸이 산다는

자이푸르 푸른 성벽에는 내가 쌓은 모래로 높다

잘 익은 세상은 이런 것인가

사막을 건너 오래 걸어온 나라는 여기인가

방금 화덕에서 구워낸 난 한 잎 베어 물고

용맹스런 무굴의 병사들이 돌아오는 시간

이 모래 다 빠져나가면

촘촘한 양털 카펫에서 마시는 차 한 잔처럼

내 생은 이제 좀 가벼워지나

셋째마당

물고기 편지

곰소포구

이조 때의 그 유생들은 아닐 터이고
하고 싶은 말만 실컷 하고
바다는 멀리서 잠자고 있다

바람은 어디서 불어오는가
소금밭에서 누가 그림을 그리고 있다
저 산속 월명암 계곡 어디쯤에 있어야 할 포구다

저녁노을 물들어 오는
하늘은 온통 큰 그물
아침에 먹었던 붉은 성게알 마구 쏟아진다
잘 익은 하얀 소금 알갱이들
이 하얀 소금 알갱이들에
하루의 세상이 다 들어있다면 과장일까

서쪽 하늘 하나로 남은 동네
황석어 젓갈통 가득한 포구

새벽에 나간 고깃배들

기운이 다 빠졌나 조기를 너무 많이 잡았나

하나같이 지친 상춧잎처럼

깃발 다 내려뜨리고 돌아오고 있다

그래도 하나쯤은 펄럭여도 될 텐데

노을이 그린 그림 한 폭 들고

오랜만에 내소사 진상법사와 함께

저녁예불이나 드려야겠다

물고기 편지

구례 운조루 아혼아홉 간 집 물고기들 잘 계시는가

남원 광한루 검은 메기들 잘 계시는가

감자꽃 하늘

약초 캐는 지리산

뱀사골 산사람들 그 파르티잔들

파란 보릿잎 빼어 물고

한 켤레 집신 들고 살아 돌아오시는가

화엄사 각황전 구층탑 아래

섬진강 어린 은어들 예불은 잘 모시는가

제첩국 맑은 국물에 아직 서러운 남도

송수권 시인의 그리메는 오늘밤 누구의 눈물인가

퍼런 햇찻잎 따서 잘가라 평사리

모래톱 젖은 물가에 작은 배 하나 떠 있는가

지금은 다 드릴 수 있는데

둘이면 더 멀리 헤엄쳐갈 수 있는데

비껴가는 달빛 편지는 언제쯤이면

주인을 찾을 수 있는가

구례구역 담배 한 대 물고 플랫폼 맨 끝에서

풍경 1

다시 어제의 그 시간 그 빈 의자에 앉아 있다
어제의 바다가 하나의 큰 사원이었다면 이제 나도 꼼
짝없이 이 사원의 신도가 된 셈이다 그 새 떼와 같은
무리의 신도들이 떠나간 뒤 이제 이 사원은 내가 모셔
야 되게 생겼다 도시가 무서워 다시 섬으로 돌아간 소
년들은 다시 찾지 않을 것이고 그중에 제일 신앙심 없
고 게으르기만 한 내가 이 크고 망망한 세상의 바다
를 모시게 되었다 이제까지 내가 배운 것은 세상은 무
서운 곳이고 가능하다면 상종하지 말아야 할 것이며
아무리 아름다운 노래라고 하여도 이른 아침의 젖은
의자처럼 새들도 앉아서 쉬어가는 곳이 아니라고 들었
다 왜 나는 아직도 세상의 바다에서 혼자서 헤매는지
나는 모른다 나는 바다를 믿지 않았고 바다 역시 나
같이 작은 나뭇잎 하나는 그저 한낮의 포말일 뿐이었
다 나는 지금 이 시간 내가 왜 바다의 저 먼데서 걷고
있는지 잘 모르겠다
지금 바다는 아침에 먹었던 진한 밀크커피와 잘 부서

지는 마늘빵과 붉은 석류알 충혈된 눈망울로 떨어져
내리고 있다 이제 다시 아잔을 울려야 할 시간이다 내
가 먹어 치운 석류알 다 사라졌다 어디선가 맑은 바람
이 불어온다 조금 뒤에 내가 앉아 있는 의자를 비워야
한다 저 바다의 욕심 많은 귀들이 오늘은 어디서든 늙
은 이망 하나는 데리고 올 것이다

풍경 2

넓은 바닷가 해가 조금씩 기울어져 가는 시간이었다 마침 오래된 나무의자가 하나 있기에 조금 졸고 있었다 바람은 살살 불어오고 딱 길게 한잠 자기 좋은 해변이었다

졸다가 멀리 바다의 끝을 좀 보다가 하면서 우두커니 앉아 있는데 어디선가 나이 지긋한 수수한 차림새의 남녀 한 무리가 마치 큰 새 떼들 무리 지어 앉듯이 내 앞에 앉기 시작하는 것이었다 이들은 마치 선생님 없이 처음 도시에 온 섬 소년들처럼 혹은 큰 사원이나 모스크에 들어가기 전에 손발을 씻는듯한 자세로 바다 앞에 죽 늘어서는 것이었다 기분 좋은 바람에 돛단배 하나 타다가 말다가 하는데 이들의 풍경은 내가 마치 아직 가보지 못한 아부다비의 어느 바닷가에 앉아 있는 기분이었다 이들은 어느 이맘 없는 모스크에 들어선 사람처럼 말없이 혹은 어디 멀리서 들려오는 해질녘의 아잔소리를 기다리는 사람들처럼 그렇게 한참이고 앉아 있는 것이었다 배고픈 섬 소년들은 다 어디

론가 사라지고 이제 나도 덩달아 손발 깨끗이 씻고 이들과 함께하는 듯 저 바다에 무언가 긴 귀를 내밀게 되었다 해는 이제 완전히 기울었고 이들의 이맘은 아직도 도착하지 않고 있었다 이제 배가 고파진 나는 할 수 없이 말해주었다 오늘은 달이 뜨지 않을 것이고 이맘은 어제도 그전에도 오지 않았었다고—그때까지 바다는 아무 말없이 멀리서 우리들의 크게 늘어진 귀를 바라만 보고 있었다

여행에 대하여

새벽안개 자욱한 아침

나는 처음으로 집을 나왔다

세상의 모든 길들은

물 위에 둥둥 떠 있었고

나는 하나의 작은 종이배였다

자욱한 안개는 말했다 지금이라도 돌아가라고

지금 떠나면 다시 돌아가기 어려울 것이라고 말했다

이미 길들은 둥둥 떠가고 있었고

그렇게 다시 돌아가기 어려운 길을 나섰다

먼 길 돌아온 이들이여

늦은 저녁에 떠나는 이여

섬겨야 할 것 많고 피해 가야 할 것 많았던

세상의 크고 작은 길 돌아온 지금 누가 나에게

가장 부럽고 존경하는 사람이 있느냐고 묻는다면

나는 단연코 고향의 한 친구라고 말하고 싶다

고무신을 들고 먼지 나는 황톳길을

함께 걸었던 그 친구는

태어나 단 한 발자국도 고향집을 떠나지 않았다

그 하늘 그 땅에서 물 마시고 땀 흘리고

때로는 낡은 창고지기의 목마름은

누가 와도 적셔줄 수 없는 법

이제 와서 어디로 어떻게 돌아갈지

알 수 없는 시간

비록 우리들의 행로가 어디로 흐를지 알 수 없지만

그 나머지 길 그대와 나는 지금

잘 돌아가고 있나요

하회에서

이른 봄날이었고 강가에 노란 개나리꽃 지천이었다 아
지랑이들 무슨 헛제삿밥에 농주를 얼마나 마셨는지
큰 활처럼 휘어져 들어오는 강가에서부터 마을 안쪽까
지 온 동네 둥둥 떠다니게 만들었다 몽유도원도의 기
교잡다한 세상이 아니라 환한 대낮에 마치 수천수만의
나비들 하얀 돗단배들이 마을 하나를 다 태우고 어느
먼 나라로 귀양 가는 그런 세상을 만들고 있었다 나는
아직 인생사 쓰고 단맛을 알 수 있는 나이가 되지 못
하였으므로 기와지붕 초가지붕 둥둥 떠가는 행렬에는
끼지 못하였으나 아지랑이들의 기이한 춤사위는 지금
도 잊지 못한다 지금 생각해 보면 나는 아마 세상이라
는 길을 그때 잃어버리지 않았나 싶다 나는 모른다 세
상의 이쪽은 어디고 저쪽—사람 북적이는 강 건너 저
도시의 길을 잘 모르겠다 아무리 빠르고 번듯한 길을
가고 싶어도 가다 보면 그 옛날 하회에서 잃어버린 그
길로 돌아가 있었다 그 봄날의 하회 마을의 뒤와 안쪽
깊숙이 삿갓처럼 들어와 흐르는 강물과 아지랑이들의

춤들은 그 누구라도 길 하나는 잃기 마련이었을 것이다 그로부터 나는 누구에게서도 세상의 길을 배운 바 없이 그 봄날의 아지랑이 타는 듯이 강변의 배꽃도 따다가 풀피리도 불다가 하면서 여기까지 온 것 같다 차라리 그때 큰맘 먹고 서애 선생에게서 하회 탈바가지나 하나 얻어올 걸 그랬다 탈바가지 하나 걸치고 아주 능란한 각시탈이나 되어 저 별것 아닌 인간사 농락이나 실컷 할 걸 그랬다 그날 하회마을의 아지랑이처럼 세상 하나 둥둥 띄우고 다닐 수 있었는데 그랬다

바르셀로나에는 비가 오고

먼 바르셀로나에는 아침부터 비가 오고 있답니다

피카소가 태어나고

한 남자가 백 년 동안 성당을 짓고 있는 곳

지난밤에는 리오넬 메시가 또 꼴을 넣었다네요

그 도시 사람들 행복하겠네요

골은 자꾸 터지고

피카소의 여인들 앞가슴도 자꾸 커지니까요

달리의 미술관 앞머리에 푸른 스카프를 두른

동양에서 온 여인들 아직 그곳에서 웃고 계시나요

비오는 아침의 바르셀로나 넓은 광장에

한 남자가 걸어가네요

어쩌면 하고 싶은 말은 다 하던

초록 눈의 처녀들 아직 잠이 깊은데

어린 양 한 마리 데리고

하늘나라에는 다녀오셨나요 신부님

검은 땀들이 묻어나는 회백색 알렉산드리아

시청사 높은 건물 위에는

마르요까 넓은 치마 같은 깃발도 하나 나부끼네요

이른 아침 비가 내리는 바르셀로나

갓 볶은 커피 한 잔 마시고 싶은데

빨간색 거꾸로 가는 이층버스는

어디쯤 달려가고 있나요

창포

바다, 제법 많이 불러본 이름인데 늘 새롭다

어떻게 불러야 한 번의 시원한 대답을

들을 수 있을까

이렇게 다시 와서 불러봐도

파도로 말하고 성난 물결로 말할 뿐

늘 혼자서 불러보기만 했지

정작 단 한 번의 대답도

들어보지 못했던 것 같다

오늘도 주인은 먼 바다로 나갔는지

아침은 나 혼자 먹는다

지난밤도 파도는 나를

잠재우지 않았는데

세상을 넘쳐오던 파도는

나의 가슴을 다 가져갔었다

아무리 세상으로 나가는 배를 타고 싶어도

주인은 언제나 신새벽에 떠나버릴 뿐

나는 이 작은 포구에 갇혀

마치 또 하나의 파도처럼

울부짖는 일이 나의 유일한 밤이었다

가까이에서 어긋났던 길

가까이 두고 아주 어긋난 길

그런 아쉬움과 안타까움을

바다의 대답이라고 해야 할까

아마 바다의 대답은

바둑돌들의 알 수 없는 길처럼

천 번을 물어도 들을 수 없고

답 또한 다를 것이다

이렇듯 아주 돌아올 수 없는 길처럼

그저 혼자서 묻고 답하는 일이 바다라고 해야겠다

나의 가슴은 이미 저 파도가

휩쓸고 간 지 오래이고

그때까지 저 바다 밑의 문어와 대게들

오랫동안 물고 있던 세상을

왜 그렇게 쉽게 놓아버리는지 이해하지 못했다

그래도 우리는 지치지도 않고

소리치는 바다처럼

오늘 이렇게 묻고 있으니

어쩌면 우리 또한 저 작은 바다라고 불러야겠다

아니다

그 많은 세상을 거쳐온 이 아침

아직까지 저 바다

멋진 그림으로 담아내지 못하고 있지만

언제 한번 제대로 된 물음으로

떨어져 나간 그 가슴 하나

다시 찾아와야겠다

아침에

오래된 카메라는 구도를 좋아한다

적당한 거리 적절한 각도

아침이어도 좋고 저녁 해질 무렵의 그 아련하고

뭔가 기대되는 다양한 표정과

빛깔을 좋아하는 것 같다

이 아침

그러고 보니 우리 또한 카메라보다 더 예민하고

더 까다로운 카메라가 된 것 같다

세상과 세상의 길에 대한 욕심은

고작 카메라 하나로

뒤따라올 수 없는 것 같다

앵글의 그 공간에 사물을 다 담을 수 없듯

어차피 땅은 우리의 것이 아니고

빈 배는 채울 수 있을 때 가득 채워야 한다

지금 이 아침 누가 우리를 부른다면 한참 바보다

저 길들이 그렇게 바쁘게 부른다고

냅다 달려갈 수는 없다

길은 길이고 나는 나 아닌가

가다가 큰 나무그늘이 있으면 쉬어가는 것이고

굴원이 따로 있나

지나가는 맑은 강물에서는

몸 한 번 시원하게 담궈보는 것이다

모처럼 이 아침

차나 한 잔 마시고

우리 저 강물에 들어가 지친 몸 깨끗이 씻고

그 많은 사람들 다 가려준 나무 그늘에서

소박한 개꿈이라도 한번 꾸면서 쉬어가 보자

아침 장터

아침의 시장은 언제나 즐겁다

꽃집의 꽃들은 아직 나오지 않았지만

시장의 뜨끈뜨끈한 국밥은 맛있고

펄떡이는 생선들로 남태평양 푸른 바다는 덤이다

이 시간 잠자는 어린이들

아침 장터에 나와봐야 하는데

엄마들 혼자 나오는 것은 아쉽다

농촌의 아침은 적어도 시장에 있다

시장에서 농촌의 아침을 만들어 준다

바나나 오렌지들도 나와 만나는 곳이

남태평양 어느 섬 위에 떠 있는 국밥집

그 소란스러운 포구다

꽈배기 순대 떡볶이 어묵집 드물지만

냉이 씀바귀 진짜 도토리묵

그리고 빨간 성게알과 살아있는 소라 고동들

시장은 배가 터진다

지금도 가끔씩 시장의 뒷골목에서 만나는

우리들 유년의 그 끝없던 헛헛함과 상실감도

여기 장터에서 채워 주었다

당연히 어머니보다 장터거리의 아주머니들이

우리를 세상 너머로 보내 주었다

언제나 삶들이 가득하던 그 시장

남태평양 푸른 물결 넘실대던

어쩌면 아쉬운 세상들로 아우성치는

오늘 아침 국밥 든든히 먹고

방금 큰 배를 타고 태평양을 건너가는

어린 아이들이

우리의 오래된 장터의 주인이다

멀고도 슬픈 동네 낙안

순천 낙안 하면 왠지 좀 서럽고 안타까운 느낌이다 기러기도 쉬어가는 살고 싶은 동네라는데 왜 그런 느낌이 드는지 모르겠다 예전의 읍성마을은 지금보다 훨씬 조촐하고 고즈넉한 시골동네였었다 저녁노을 다 지워지는 시간에 우리는 도착하였고 배가 고팠다 무언가 생의 허기가 여기까지 내몰았는데 식당의 가지 많은 반찬들이 어쩔 것이여 먹든지 말든지 우리의 몹시도 많이 허한 위장을 타령인지 타박인지 하고 있었다 우리는 어떤 허기 같은 것 어떤 오기 같은 것들로 포만 포식했었다 그중에서도 빨간 갓김치동치미와 백도라지무침이 일품이었다 처음 먹어보는 갓동치미의 그 알싸한 시원함은 여기까지 오면서 묻어둔 이야기들 꺼내지도 못하게 하였다 저물어 노을 사라지자 곱던 성벽은 그야말로 왜놈들 막아서는 성벽 그 자체였다
성안으로 들어가는 길은 아주 없을 것만 같았다 그랬다 우리는 멀리서 온 생의 아주 멀리서 온 성 밖의 사람들이었다 어둠은 멀리 있는 것이 아니라 이렇게도

절벽처럼 가까이 있었다 돌아보면 우리야말로 갈 데 없는 어둠 그 자체였었다 어라 이럴 바엔 아까 밥상에서 타령하던 그 좋은 남도 반찬들 막걸리들 아리한 백도라지들과 동무하면서 아예 빌어먹을 한 개비 성냥불 같은 생인지 세상인지 나발인지 동헌마루의 나팔이나 한 번 제대로 불어 볼 노릇이었다 들판에는 바람이 조금 불고 있었고 그 흔한 꼬막 만한 별 하나 없는 밤이었다-왠지 지금도 낙안은 멀고도 조금 슬픈 동네다

화진포에서

금강산 아래이어서인가

가을인데도 만물상 단풍 든 바닷물 따뜻했었다

맑은 물에 왠지 다 내보여야만 할 것 같고

다 드리지 않을 수 없을 것 같았다

더 맑은 거울이 되지 못해서

차마 뜨거운 무엇이 되지 못해서

이제 더 더워질 수 없는

단풍 든 가을산으로 오르고 있었다

이렇듯 자꾸 뜨거운 어디로 오르기 위해

조용히 부르지 않았을까

가끔씩 해금강 따뜻한 바닷물은

혼자서 울지 않았을까

차 한 잔

음악도 없고 그림도 없는

터미널 찻집에서 차 한 잔 마셨을 뿐인데

길게 손을 흔들어 준다

어쩌나 열심히 흔들어 주는지

지나가는 차들 멈춰서고

옆집 사람들 덩달아 손 흔들어 준다

그 흔한 어디서 온 누구라고 밝히지도 못했는데

바쁜 길 다 끌어모아 그렇게 배웅해 주시는가

잠긴 듯 깊고 검은 눈 속에서

차를 내오셨나

우유도 조금 설탕도 조금 적당히

쌉사름하고 달콤했던 차 한 잔

따뜻하고 맛있었다

아직도 그 손짓 길게 걸어 나와

꽃 한 송이 없는

조금 추운 길 데워주고 있다

양수리

매우 추운 겨울이었다 우리는 외투에 목을 깊숙이 묻고 무슨 산 정상을 오르는 사람들처럼 강 안쪽으로 걸어 들어갔다 누군가 마치 지관이 명당을 고르듯 강에서도 가장 중심일 듯한 자리의 강을 깼다 물은 시퍼렇게 얼어있었고 수초나 고기들은 물론 보이지 않았다 참 무게도 없고 색깔도 없었다 그냥 한 줌의 재일 뿐인 한 생을 그 꽁꽁 얼어붙은 강물 속에 묻었다 아무 것도 아니고 아무것도 아니었다 누가 조금 큰 바람소리처럼 흐느끼고 있었다 강물처럼 얼어버린 소주와 막걸리 한 잔씩을 뿌리고 음복하였다

마지막으로 누군가 노래 한 곡을 하였고 갈대꽃 국화꽃을 내려놓고 눈이 많이 쌓인 깊은 산길을 내려오는 사람들처럼 강을 걸어나왔다 그 뒤로 우리는 강을 만지지 못했고 강도 우리와는 한참이나 먼 곳에 있었다 그래서 강은 흐르는 것인 것같다 그렇게 강은 수많은 봄과 가을을 흘러가고 우리도 강이 흐르는 것처럼 흘러갔다 그런 어느 봄날 양수리 버스터미널이었다 길

건너에 어디선가 아주 많이 본 듯한 사람이 서 있었다 두세 사람 사이에 있었지만 너무도 환하게 나를 끌고 있었다 참으로 알 수 없었고 인정할 수 없었다

가지런한 머리에 조금 큰 가방 하나를 들고 누구를 기다리는지 어디로 가는 버스를 찾는지 허공에 눈을 두고 무언가를 찾는 그 모습은 오래전에 너무나도 많이 보았던 표정이었다

무슨 환청도 아지랑이도 아닌 나의 가슴 한복판에서 올라오는 그해 추운 겨울의 강 울음소리 같았다 스산한 바람소리에 버스들의 경적소리에 섞인 아지랑이들이 이내 붐비는 터미널 앞길을 흐릿하게 가로막아 섰고 길 건너는 이미 아득한 강 건너편이었다 무심한 차와 버스들 사람들은 그 봄날의 강물로 흘러가고 있었고 그렇게 우리도 그 많은 이름 모를 물길을 건너서 여기까지 왔다

혹시 누구라도 다음 해 봄 아니면 가을이나 겨울 양수리에 가면 나를 찾는 누군가를 만날 수 있을 것이다 양수리—편안하고 아늑한 땅 세상의 그 어느 바다보다도 더 넓은 두물머리는 언젠가 우리 모두를 꼭 만날 수 있게 할 것이다

전주

전주에 오면 왠지 일찍 일어나게 된다 우리는 마치 새
벽 기도회 가는 사람들처럼 풍남문 뒤의 목욕탕에 가
서 목욕을 하고 시장 안쪽에 있는 콩나물 국밥집으로
간다 국밥집은 늘 사람이 많았고 우리도 이 기도회에
참석한 것을 다행으로 생각한다 콩나물에 김치를 넣
은 국밥 국물의 한 순갈은 우리가 전주에 온 이유 같
기도 하다

저 파 마늘 생강 풋고추들이 으깨져서 터져 나오는 비
명소리들의 그 약간 매콤하면서도 시원한 그 맛은 끝
없이 올라오는 콩나물 시루의 콩나물처럼 우리가 우
리의 짧은 생을 한마디로 말할 수 없듯이 나는 아직도
그 맛을 표현하지 못하겠다

짧은 순간의 그 목 넘김은 우리 삶의 온갖 희노애락이
사라지고 뭔가 아련하고 아득한 어느 먼 산길을 걸어
갔다 온 기분이다 찰나가 곧 영겁인가 아니다 과장은
아니고 하여튼 이 집 콩나물국밥이 있기에 간밤의 숙
취도 무탈무난하였고 우리의 아침도 그렇게 안녕한 것

이었다 신도들 역시 오늘 아침의 설교에 만족하는 눈치였고 어떤 신도는 가느다란 통성의 흐느낌도 있었다 우리 역시 한동안 열심히 기도하였고 희열의 땀과 눈물로 마치고는 하였다 기도를 마친 우리에게 주어지는 또 하나의 축복은 그 모주다 우리가 처음 이 집에 와서 모주를 마셨을 때를 생각한다 우리는 그때까지 풀리지 않는 어떤 분노가—맵사하면서도 저 창자 밑에서 올라오는 그 무언가의 응어리가 아직 풀리지 않았었는데 모주는 그 답이었고 하나의 축복의 메시지가 되었다 모르겠다 그 애간장을 녹이는 맛은 아니었으나 엉망진창의 저 안쪽의 속창자를 얼얼하게 하던 그 아픔들이 황금 빛나던 누런 말씀에 다 화해하고 응답하고 있었다 기분 좋은 우리들의 아침은 마침 경기전 뜰 앞에 납신 태조대왕도 알현할 수 있었고 풍남문 앞의 가슴 뜨거운 녹두장군의 군사들도 만나볼 수 있었다 전주의 아침은 언제나 우리에게 과거와 현재의 물 한 바가지로 콩나물 무럭무럭 올라오는 그런 아침이었다 지금은 쉽게 갈 수 없는 먼 이방에서 이른 아침의 그 뜨겁고도 따뜻한 기도회가 너무 그립고 기다려진다

왜목바다

친구들 가고 나만 남았다

배도 사람도 보이지 않는다

어쩌다 멀리 가지 못한 바다 하나가

하루 내내 비를 맞고 있다

시간은 어디서 왔을까

시간도 이렇게 비를 맞고 있을까

낮은 산모퉁이에서 쓸려온 낙엽들이

떠나지 못한

바다를 다 덮고 있다

찬란한 가을은 어제 잠깐이었다

20/12/30

시래기국이 끓고 있네요
마지막 나뭇잎이 떨어지듯
달랑 한 장 남은 달력이 넘어가고 있네요
그렇게 많은 잎들이 하염없이 떨어지듯
달력에 매달린 나날들이 다 떨어져 나갔네요
길 위의 나무들 저렇게 다 버리고 또 어떤 달력에
수많은 기쁨과 슬픈 나날을 매달까요
먼 하늘에 기러기들이 날아가고 있네요

강

강은 하늘에서 만들어진 소리다

강은 땅에서 만들어진 소리다

눈과 귀와 코와 혀와 수많은 몸뚱아리와

그리고 깊고도 깊은 슬픔이다

강은 새들의 노래다

사라지는 노을처럼

바람의 날개를 달고 다니는

쥐들과 독수리의 등에 올라탄

고양이들 까마귀 떼 하늘 가득한

먼 데서 걸어오는 검은 소 떼들

세상 넘어서 온 모든 소리조차 사라지고

수백 마리의 사자를 물어뜯던 붉은 이빨과

천리를 숨 한 번에 내달리던

굵은 다리 다 내던지고

티끌 먼지처럼 이슬방울처럼

어둠 속에서 흐르는 모든 것은

이제 강이다

하늘이다

겨울

길가에 나무들 춥다
바람 불지 않아도 개울물소리 춥다
세상이 추워서 하얀눈 펑펑 내린다
육개장 집에 사람들 많이 들어간다

비

천둥번개는 오래전에 지나가고

마른 몸

이미 젖을 대로 다 젖은 비에

쓰러진 나무 아래

나는 얼마나 더 젖을 수 있을까

굳게 닫힌 내 입속에는

백 개 천 개의 눈들이 잠들고

사라진 언덕

사라진 계곡

그러면 아이들 노래처럼

나팔꽃 피우면서

나를 따라왔던 길

마른 손바닥에 자꾸만 쏟아지는 비처럼

얼마나 멀리 떠내려 갔을까

어둠 속으로 혼자서 떠내려 갔을까

나무지팡이

가지도 잎도 없는 나무 하나가
산으로 들어간다
세상 구경은 이제 다한 듯
깊숙이 허리 구부리고
산으로 들어간다

명동

서울에서 제일 비싸다는 땅 위에 서 있다

진짜 땅이 무거운 것 같다

수많은 사람들이 내 앞을 지나간다

땅이 좀 더 무거워진다

나도 내 앞을 몇번 지나간다

자꾸 지나갈 때마다

이제 나도 조금 있으면 부자다

AI 시대 '깨어남'의
시작이자 끝, 선시

박승옥(시인, 햇빛학교 이사장)

우리는 모두 지구별 생명체로 깨어나
동행하는 여행자

먼 길을 가던 사람이 저녁이 되자 마침 발견한 폐가로 들어가 하룻밤 묵기로 합니다. 그런데 자정이 되니까 도깨비 하나가 시체를 들고 빈집으로 들어옵니다. 도깨비는 시체를 나그네 옆에 내려놓습니다. 곧이어 그 도깨비를 쫓아오던 두 번째 도깨비가 나타납니다. 두 도깨비는 서로 시체를 자기가 들고 왔다고 주장하며 말다툼을 벌입니다.

한참을 싸우던 두 도깨비는 먼저 와 있던 여행자에게 누가 시체를 들고 왔는지 판결을 내려달라고 말합니다. 여행자는 어느 쪽이건 자신을 죽일 것이라 생각하고는 본 대로 말합니다. 먼저 들어온 1번 도깨비가 시체를 들고 왔다고.

화가 난 2번 도깨비가 여행자의 팔 하나를 뜯어내 버립니다. 그러자 1번 도깨비가 곧바로 시체의 팔을 뜯어내 여행자에게 붙여줍니다. 2번 도깨비가 이번에는 그의 다리 한 짝을 뜯어냅니다. 1번 도깨비는 또다시 시체의 다리 한 짝을 뜯어내 그에게 붙여줍니다. 이런 식으로 그의 팔과 다리, 몸통, 심지어 머리까지 그의 몸은 모두 뜯겨지고, 그는 시체의 몸으로 모두 대체됩니다. 이윽고 두 도깨비는 뜯어낸 그의 팔과 다리, 머리와 몸통을 사이좋게 먹어 치우고는 입을 쓱 닦고 나가 버립니다.

여행자는 극도의 혼란에 빠집니다. 자기 몸을 바라보며 이게 내 몸인가? 나는 나인가 다른 사람인가?

다음날 아침 다시 여행을 떠난 그는 길에서 불교 수행승들을 만납니다. 그는 황급히 다가가 그들에게 묻습니다. 내가 존재하는 것입니까, 아닙니까?

수행승들이 그에게 반문합니다. 당신은 누구신가요?

기원후 150~250년경 대승불교 중관파(中觀派)의 한 경전에 나오는 우화입니다. 저는 이 우화를 인도 출신의 과학 저널리스트 아닐 아난타스와미가 쓴 책에서 읽었습니다.(변지영 옮김, 『나는 죽었다고 말하는 남자』, 2017, 더퀘스트.) 붓다의 자아없음(無我)을 설명하기에 이보다 좋은 우화는 없을 것입니다.

붓다 시대로부터 25세기 지난 오늘날 실제로 수많은 사람들은 병든 자신의 몸을 뜯어내 버리고, 다른 사람들의 장기나 팔다리, 인공 장기와 인공 관절, 의족, 의수, 임플란트 등으로 대체해서 살아가고 있습니다.

2024년 데미스 허사비스에게 노벨 화학상을 받게 만든 구글 딥마인드의 AI 알파폴드는 바이오 신약 개발에 혁명을 일으키고 있습니다. 네 그렇습니다. 이세돌을 4승 1패로 이긴 바둑 AI 알파고의 딥마인드 그 회사, CEO 데미스 허사비스입니다. 벌써 까마득히 먼 9년 전 2016년의 일이군요.

머지않아 거의 모든 난치병의 신약 치료제와 바이오 장기들이 봇물 터지듯 쏟아질 것입니다. 사고로 사지가 마비된 환자의 뇌에다 컴퓨터 칩을 심어 생각만으로 걷게 하는 임상실험도 성공했습니다. 뇌까지도 대체한 기계와 인간의 결합, 트랜스휴먼의 등장도 가시화 되고 있습니다.

바야흐로 AI시대입니다. 모든 분야에서 박사급 지능을 갖게 되는 인공일반지능(AGI)이 머지않았다고 합니다. 많은 AI 개발자-과학자들은 AGI가 등장하면 인간의 통제와 관리를 벗어나 AGI는 즉시 지능 폭발을 일으켜 인간지능과는 비교조차 할 수 없이 똑똑한 초지능(SI) 시대를 열 것이라고 예측합니다. 그 초지능의 세상이 인류가 멸종되는 종말론의 묵시록이 될지 유토피아가 될지 지금으로서는 누구도 알 수 없습니다.

나는 누구이고, 인간은 어떤 존재인지 붓다 시대보다 더 절실하게 묻지 않을 수 없는 시대가 도래한 것입니다.

여기에 극한으로 치닫는 기후 지옥, 극단의 불평등 등이 뒤엉켜 지금 여기 지구별 생명체들은 복합 다중 위기의 우물 속에 빠져버린 시대이기도 합니다. 모두 인간의 탐욕이, 전세계 시민들의 마음을 삼켜버린 서구 근대화-산업화의 도깨비가 들고 온 결과물들입니다.

인류세라고 인간이 스스로 이름 지은 시대, 여섯 번째 대량 멸종 사태는 인간의 마음이 스스로 들고 온 도깨비 시체입니다.

현담 스님은 이런 시대를 걷는 여행자입니다. 세상의 도깨비들에게 온몸과 마음을 뜯긴 지구별 여행자입니다. 그리고 도깨비에게 뜯긴 사지와 마음에 붓다의 가르침을 갖다 붙이고는 평생 걸어다니며, 나는 누구이고 인간은 어떤 존재인지 묻는 수행자입니다.

> 내가 신발을 신는 건가 신발이 나를 신은 건가…
> 신발은 이제 나의 어엿한 동업자다 아직 다녀 보지 못한 길 너무 많은데…
> — 신발

저는 현담스님을 알게 된 지 얼마 되지 않습니다. 시인인 줄도 몰랐습니다.

불치의 암 진단을 받고도 수술을 하지 않고 돌아다닌 지 어언 10여 년이 훌쩍 넘었고, 여전히 멀쩡하게 살아서 여행을 다니시는 스님이라는 정도만 알고 있었습니다. 어떤 걸림돌도 없이 거침없이 자신의 의견과 주장을 말하는 모습을 보고 조금은 놀란 적도 있습니다. 정말 대자유인이었습니다.

시를 읽으면서는 인도의 구루가 따로 없구나 싶었습니다.

　　멀리서 기차는 지나가고
　　바나나는 주렁주렁
　　죽이 끓거나 밥이 끓거나
　　세상을 옮기듯 한 발짝 한 발짝
　　맨발로 걸어가는 시간이여 구루여
　　─ 소

제가 스님 시집에 언감생심 글을 쓰리라고는 더더구나 상상도 할 수 없었습니다.

해서 이 글은 해박한 문학 비평가의 발문이 전혀 아닙니다. 시를 분석하고 해설한 에세이 글도 아닙니다. 해박과 분석, 해설이라니요, 단어를 잘못 골랐습니다. 저는 문학비평이란 게 왜 필요한지조차 잘 모르는 사람입니다. 그저 문학비평가를 포함해서 시와 소설 등 문학 책을 읽는 모든 독자의 소감이 문학비평이 아닌가 정도의 의견을 갖고 있을 뿐입니다.

그러니 그저 현담 스님과의 어떤 인연이 일으킨 약간

의 두런두런 이야기를 듣는구나 생각해 주시기 바랍니다. 있는 그대로의 소박한 느낌을 개발새발 풀어쓴 소회임을 널리 이해해 주셨으면 합니다.

삶은 기적이자 고통, 다섯 다발의 감각기관이 쌓아놓은 공(空)의 서사시

현대 뇌과학은 자아란 만들어진 기억의 다발-덩어리라고 말합니다. 자아란 형성된 것, 편집 조작된 것입니다. 내 몸과 마음이 행동을 통해 경험한 일련의 사건들을 하나의 뭉텅이로 묶은 서사(narative), 일화(story) 기억의 덩어리입니다.

한마디로 자아란 언어로 구성된 개념일 따름입니다.

붓다는 오직 자신이 개발한 주의집중 호흡명상(正念, 正定)을 통해 이를 밝혀냈습니다. 뇌과학, 심리학을 비롯한 현대 서구 과학의 도움을 하나도 받지 않고서 말입니다. 실로 놀라운 발견이라고 하지 않을 수 없습니다.

제 생각에 붓다의 발견은 호모 사피엔스 최초의 인간 자아와 삶에 대한 발견입니다. 신대륙의 발견과는 차원이 다른 신세계 진리의 발견입니다.

12연기를 설명하면서 분별심(識, vinnana)을 조건으로 일어나는 명색(名色, namarupa)이 다름 아닌 언어로 구성된 온갖 개념들입니다.

아난다여, 기호들에 의해서, 특징들에 의해서, 모습들에 의해서, 지시들에 의해서 개념체계가 성립된다.

– 이중표 역해, 『정선 디가 니까야』, 「대인연경」, 불광출판사, 2019.

도대체 나와 남이 없음을 통찰하는(4쪽 시인의 말) 현담 스님의 시는 언어 개념에 갇히지 않고, 이런 붓다 발견을 한글로 풀어놓은 21세기 한국의 대중 법문입니다. 선시(禪詩)입니다.

하늘에
천 글자 만 글자
꼭꼭 새긴 말씀
팔만대장경
– 청련사 별 이야기 5

하늘, 별, 달, 잡초들이, 노오란 당나리와 하얀 치자꽃

이 다 팔만대장경입니다.

별이 붓다입니다.

"산천초목이 바로 나이고 그대들의 집"입니다.(39쪽, AI
가 써준 시)

나와 너와 산천초목이 둘이 아니고 하나입니다.

'나'라는 시를 남기고 강을 건너간 그 많은 보살들이, 나
라는 시를 읽어주던 그 많은 보살들이 아마도 현담 스
님에게 시로써 속삭였을 것입니다. 붓다의 우다나(우러
나온 시)가 아마도 스님에게 시로써 붓다와 나와 대중의
삶, 존재의 실상을 노래하라고 부추겼을 것입니다. 저는
현담스님의 시를 읽으면서 그런 느낌이 들었습니다.

사람의 시작과 끝, 선시

붓다 당시에도 아지타(Ajita) 등의 유물론자들이 있었습
니다. 단멸론자(斷滅論者)로 불리는 이들은 사람을 포
함한 모든 존재는 반드시 소멸해 없어진다는 사상을
설파하고 있었습니다. 이들과 정반대의 주장을 펼치는
상주론자들도 있었습니다.

그러나 당시 절대다수의 일반 대중은 윤회와 하늘에

있는 조상들의 세계를 철썩같이 믿고 있었습니다. 삶이 고통이라는 사실을 생생하게 실감하며 살아가고 있었습니다.

이들은 살아있는 사람들에게 영향을 미치는 조상 귀신들의 도움을 받기 위해, 그리고 죽어서 소나 말이 아니라 더 좋은 신분의 사람으로 태어나기 위해 많은 돈을 들여 갠지스강에서 제사의식을 치뤘습니다.

붓다의 가르침은 철저하게 이같은 대중들의 고통을 해결하기 위한 설법입니다. 붓다의 초기 말씀을 모은 법구경과 숫타니파타에서 붓다가 일반 대중들에게 베푼 법문을 한 마디로 요약하면 "욕심 부리지 말고 착하게 잘 살아라"입니다.

오늘날 사람들은 붓다 시대의 대중들과는 완전히 다른 세계관 속에서 살고 있습니다. 한국인의 대다수가 서구의 근대 과학 교육을 받았습니다. 대부분의 사람들이 모든 존재는 죽어서 소멸해 사라진다는 유물론자, 단멸론자들입니다.

돈이 모든 것의 주인이자 신으로 등극한 '쩐신(錢神)'의 신도들입니다. 불자들 가운데도 쩐신을 모시는 사람들이 부지기수입니다.

이런 세상에서 붓다 가르침은 대중의 마음과 세계관에 맞게 전환된 대기(對機)의 설법으로 바뀌지 않을 수 없습니다.

우리는 삶이 고통이라는 붓다의 가르침을 이해하고 꿰뚫어 압니다. 동시에 삶은 기적이라는 사실 또한 알고 이해하고 꿰뚫어 통찰하고 있습니다. 눈, 귀, 코, 혀, 몸, 머리 등 사람의 감각기관은 기적 아닌 것이 하나도 없습니다. 팔, 다리, 뼈, 살갗 등 모두 경이와 신비로 가득 차 있습니다.

세포와 분자, 원자와 전자를 쪼개고 쪼개 양자의 세계로 들어가면 어떤 물질도 존재도 없이 파동과 에너지만 있는 텅빈 공간이 나옵니다. 그런 텅빈 공(空)이 쌓이고 모여(集) 우리의 몸(色)이 됩니다. 공즉시색, 색즉시공입니다.

인공지능의 등장은 피할 수 없습니다. 사람들은 인공지능과 인간이 동행하는 세상에 적응해야만 생존할 수 있습니다.

적응하고 공존하기 위해서는 AI에 대해 알고 함께 살 수 있는 새로운 세상을 만들어 나가야 합니다. 인공지능은 언어지능이라는 점에서 인간지능과 같습니다.

그러나 AI와 인간의 가장 큰 차이는 AI는 기계이고 사람은 지구별 생태계에 통합된 생명체라는 사실입니다. 사람은 호흡을 통해 지구 생태계 전체, 우주 먼지까지 마시고 내뱉으며 생명을 꽃피웁니다. 사람은 지구별 생태계의 생명체를 에너지로 생명을 유지하고, AI는 전기를 에너지로 움직입니다.

사람은 발걸음을 옮기는 매 순간순간 나의 나인 너와 이웃, 식물과 동물, 무생물과 더불어 지구별 생태계에 도착하고 그리고 떠납니다. 매순간 시시각각 다른 존재로 변하고 다른 시공간으로 이동합니다. 매 순간 별처럼 폭발하고 또 수축합니다. 우리는 매순간 우주를 경험하고 우주를 실천하는 생명체입니다.

나와 이웃, 식물과 동물, 산과 숲과 바다와 하늘은 서로를 조건으로 함께 변하고 함께 도착하고 함께 여행을 떠나는 지구별 생태계 탑승자들입니다.

함께 동행하는 여행자들입니다.

현담스님의 선시는 이같이 동행하는 색계(色界), 무색계 이웃들과의 여행시입니다. 생명의 동행시 노래입니다.

아무리 외쳐도 저 큰 못 박혀/ 꼼짝달싹 못하는 남자/… /하늘 아래 가장 작은 나무들/ 무릎 꿇고 오늘 밤 누가 저 사나이 대못을 뽑아주나.(33쪽, 나무들 무릎 꿇고) 대못 박힌 예수에 대해 현담스님은 아직 이 세상은 '나'(예수)의 세상이 아닌데 누가 대못을 뽑아줄까 한탄합니다.

인공지능의 세상에서 인간의 삶은 기계와 달리 지구별 생명체로 거듭 깨어나는 데서 출발하지 않을 수 없습니다.

기적의 삶을 살면서도 여전히 탐욕과 성냄과 무지 속에서 고통에 시달리고 있는 대중들과 함께 한 걸음 한 걸음 나아가는 자비행의 삶에서 동행을 시작하지 않을 수 없습니다.

현담스님이 대중과 함께 생명으로 깨어나는 그런 자비행의 동행시집, 여행시집을 들고 다시 오시길 저는 기대하고 있습니다.

부디 스님이 맨발의 발바닥을 더욱 단련시켜 전쟁의 먹구름과 신음들이 몰려오는 나와 이웃의 마음, 지구별 생태계 곳곳을 여행하실 수 있게 되기를 빌겠습니다.

172

이 시를 읽게 되는 인연의 독자님들, 창백하고 푸른 점 지구별에 동승한 모든 이웃 여행자님들도 그때까지 발바닥 튼튼하게 만드는 지구별 걷기명상 열심히 하고 계시길.

아멘, 앗살라무 알라이쿰, 나마스테, 미타쿠예 오야신, 나무 관세음보살.

현담스님

- 1978. 문학사상 등단
- 시집 : 『햇살의 숲』
  『사랑이 오고 있다』등
- 현재 대구 청련암에 머물고 있다

그림자가 하는 말

1판 1쇄 인쇄 2025년 7월 10일
1판 1쇄 발행 2025년 7월 15일

지은이   현담스님

편집·제작   선연

펴낸이   박승옥
펴낸곳   기적의 마을책방
출판등록   2018년 1월 3일 제712-96-00538호

주소   충남 공주시 사곡면 운정길 35 햇빛학교
전화   041-841-2030

ISBN 979-11-988211-4-0   03810

값 18,000원

질문하는 인간

기후지옥-불평등-인공지능 시대,
기계지능과 다른 인간 삶의 정체성은
생명으로 깨어나 질문하는 인간입니다.

묻고 또 묻는 능력은
책 읽기와 글쓰기를 통해 길러집니다.

한 권의 책일지라도
기적의 마을책방 카페에 올리거나
직접 연락해 주시면
바로 책을 보내드립니다.
(기적의 마을책방 카페 https://cafe.naver.com/miraclecombook)

※ 기적의 마을책방은 에너지-자원 낭비를 최소화하기 위해 이 책의 본문을 검정색 하나만 사용했습니다.